LE GOÛT SALÉ DU VENT

OU LA FRAGILITÉ
DU BERNARD-L'ERMITE

CATHERINE TOURY

LE GOÛT SALÉ DU VENT

OU LA FRAGILITÉ DU BERNARD-L'ERMITE

amaterra

PROLOGUE

LE BERNARD-L'ERMITE GÉANT (OU PAGURE GÉANT)
Nom latin : *Petrochirus diogenes*
Nom anglais : *giant hermit crab, red hermit crab*
Famille : *arthropodes / crustacés*
Taille adulte : *12 cm-30 cm*

Région : *zone des Caraïbes, côte nord de l'Amérique du Sud*

Le bernard-l'ermite ou pagure est un crustacé habitant la coquille restée vacante d'un autre coquillage. Sa larve ressemble à une petite crevette. Les mues suivantes font apparaître un petit pagure, qui devra trouver une coquille à sa taille. La fréquence des changements d'abri est proportionnelle à la vitesse de croissance. Les bernard-l'ermite peuvent se combattre pour une coquille, ou les échanger à l'occasion de grands rassemblements. Lorsqu'il est en recherche d'une coquille, il est extrêmement vulnérable.

Le pagure géant est le plus grand bernard-l'ermite des Caraïbes. Il loge dans des coquilles volumineuses, souvent celles de lambis. Il possède une paire de pinces puissantes. La couleur de son corps varie du mauve lavande au gris brunâtre ou rougeâtre, et sa texture écailleuse est irrégulière. Les yeux, perchés au bout d'un pédoncule, sont verts et les antennes, rayées de blanc et de rouge foncé. On le trouve principalement sur les fonds sableux et les herbiers.

Source : BRAVI E., FREY G., « Arthropodes de la zone Caraïbe », in Encyclopédie des fonds marins, Orion, 2021, pp. 57-58.

CHAPITRE 1

Je m'appelle Prudence. Prudence Bienvenue. J'ai douze ans et demi, et c'est mon premier jour d'école.

Je débarque. Dans tous les sens du terme. J'atterris dans un monde dont je ne connais pas les codes, une réalité qui me paraît laide et grise, un univers qui ne m'intéresse pas. Il y a un mois encore, j'étais sur la mer, dans le cocon où j'ai grandi. Un cocon à voile poussé par les vents. Un cocon douillet, mouillé et salé. Un cocon de rires et de partages en famille. Cinq doigts de la main prêts à toutes les aventures. Sauf à la dernière.

Solange a eu du mal à lâcher ma main devant la porte de son école. Elle avait l'air toute petite, écrasée par son cartable à bretelles neuf et presque vide. Pendant un moment, on a regardé les enfants qui arrivaient, pour voir comment il fallait faire. La directrice s'est approchée, souriante, et a demandé à Solange si c'était elle la nouvelle en CE2. Puis, sans un mot, ma sœur est partie rejoindre les autres dans la cour, en longeant de grandes fenêtres sur lesquelles des dessins colorés tentaient d'égayer la grisaille de novembre. J'ai marché lentement vers le collège, ne sachant pas du tout à quoi ressemblerait ma journée, avec dans le ventre une envie urgente de rentrer chez mamie, au chaud, d'y retrouver papa et Gaston, et de me rouler en boule sous ma couette avec un bon livre.

La pluie s'est mise à tomber.

J'aime la pluie. Quand on est en mer, la pluie vient avec le vent. Le bateau gîte, on ne quitte plus sa salopette de ciré, tout devient humide. Les grosses averses mélangent sur les peaux eau douce et eau de mer, les cheveux sont collés, les doigts fripés. On dort comme on peut, n'importe quand et souvent n'importe où, au milieu du carré ou serrés avec Solange et Gaston sur la couchette arrière, celle qui bouge le moins. Quand on est au mouillage, la pluie apporte des relents d'humus. On sent la terre proche et en même temps moins accessible. On se calfeutre dans le carré, à l'abri. C'est le moment où on aime jouer aux cartes, le moment où papa décide de faire un gâteau qui embaume toute la cabine.

Ici, la pluie sert juste à fabriquer des flaques grises. Les gens rentrent les épaules et accélèrent le pas, tête baissée. Chacun essaie d'arriver le plus vite possible à sa destination. La mienne est là, bâtiment immense posé le long d'un large trottoir. Je sais à quoi ressemble un collège, j'ai vu ces salles remplies d'élèves en uniforme par les fenêtres sans vitres des écoles sénégalaises. J'ai écouté pendant des heures Kate me raconter les profs et les copains de la middle school sur les pontons de Port Charlotte. J'en ai une idée. Une vague idée, je crois. Il m'est même arrivé d'envier ces groupes de filles nattées balançant leurs sacoches dans les rues poussiéreuses de Kingston. Et pourtant, à l'instant de franchir les hautes portes vitrées de l'établissement, j'ai au fond de moi la sensation de remiser ma liberté, d'enfiler une tenue de prisonnière, et de me livrer pieds et poings liés à une machine sans âme.

La nuit tombe à 17 heures, juste le temps au sortir du collège d'apercevoir la lueur mauve du soleil déjà enfoncé derrière l'horizon des immeubles. Raconter cette première journée me paraît vain ce soir, tant elle m'a semblé à la fois intense et vide. J'ai partagé ma table avec des adolescents dont j'ai déjà oublié les noms. Je n'ai rencontré ni chaleur ni hostilité. Je ne me suis pas fait remarquer. Je suis devenue anonyme parmi les anonymes. J'ai écouté, imperturbable malgré l'ennui, les professeurs, en domptant mes pensées qui ne cherchaient qu'à s'envoler. J'ai tout fait pour me fondre dans l'environnement. Comme le caméléon.

Papa dit que les marins sentent toujours, au retour du grand large, la terre ferme balancer sous eux pendant quelques jours. J'aimerais que ce bercement ne s'arrête jamais.

CHAPITRE 2
(Flash-back)

J'ai six ans, Solange deux. Nous jouons avec des chutes de bois dans un coin du hangar. J'ai fabriqué une sorte de tipi dans lequel Solange installe sa poupée. M m'a chargée de surveiller ma petite sœur, qu'elle n'aille pas courir sous les coques des bateaux alignés dans le chantier naval. Il faut dire que c'est tentant. Depuis un an, nous venons ici chaque week-end et je les connais tous. Sam II est le plus vieux, il est tout en bois et sent le vernis. Son propriétaire, Fred, est copain avec les parents, il leur prête main-forte quand il faut manipuler quelque chose de trop lourd pour eux deux. Kevin et Christel, les seuls vrais Bretons du chantier, retapent un catamaran de neuf mètres, un sacré boulot !

Les parents se moquent gentiment des hublots qu'ils ont prévu d'installer un peu partout, dont un pour voir sous l'eau. Papa dit que ça ne tiendra jamais et qu'il ne risque pas de monter à bord, même pour prendre l'apéro. Il y a aussi Gérard et son Amaya jaune, Hello de Line et Alex qui sont presque prêts à partir, et évidemment Loup-Garou. C'est lui le plus beau, avec son nouveau mât et sa coque rouge. C'est M qui a choisi la couleur.

Je me souviens vaguement des premières fois où on a parlé du départ, papa étalant sur la table à peine débarrassée une grande carte du monde sur laquelle les pays colorés semblaient former un puzzle géant.

— Fais attention, Prudence, ta tresse trempe dans le Pacifique Nord ! lançait-il. Alors, par où on commence ?

Les parents dessinaient sur le bleu des océans des itinéraires imaginaires, et se disputaient en riant l'ordre des étapes. Invoquant pêle-mêle saisons des alizés, fêtes locales et tarifs des ports pour l'emporter, ils finissaient par me demander mon avis. À vrai dire, je ne comprenais pas grand-chose. J'avais du mal à faire le lien entre ces promesses de rencontres avec des dauphins ou des albatros et nos journées au chantier, dans la sciure et les odeurs de résine.

CHAPITRE 2

Notre quotidien était doux et joyeux. M nous déposait chez mamie avant de se rendre à son travail. J'adorais aller chez mamie. À peine arrivées, été comme hiver, nous descendions toutes les trois au parc de jeux en bas de l'immeuble. Le toboggan glissait mal et le bac à sable était plein de brindilles, mais nous aimions y creuser des tunnels dans lesquels nous introduisions des gendarmes, ces insectes rouge et noir qui pullulaient au pied des tilleuls. Nous rentrions les mains sales et le ventre creux, et mamie nous réchauffait les bons petits plats qu'elle avait pris soin de cuisiner la veille en notre absence. Puis, pendant que Solange faisait la sieste, nous nous asseyions toutes les deux autour de la table de la salle à manger, et elle m'apprenait les lettres. Nous les dessinions ensemble, je m'appliquais à reproduire le « P » de mon prénom. J'ai vite été capable de lire des mots entiers, puis des phrases. Nous jouions à la bataille et aux petits chevaux jusqu'à ce que Solange nous rappelle que c'était l'heure du goûter.

En fin de journée, papa venait nous chercher. Mamie, fatiguée, lui répétait souvent que je pourrais aller à l'école, que j'y trouverais des amies.

— Mais c'est toi sa meilleure amie ! lui glissait-il à l'oreille.

Elle secouait la tête avec un sourire attendri.

— Tu t'en sors toujours par une pirouette ! Tiens, n'oublie pas le sac des filles, j'ai mis deux parts de gâteau pour vous.

— Que ferait-on sans toi ? la taquinait-il avant d'embarquer Solange sous un bras et nos affaires sous l'autre.

Et puis un jour, ce qui n'était jusqu'alors qu'un rêve est subitement devenu réel. Nous nous apprêtions à partir pour de bon. Loup-Garou a quitté le hangar et nous l'avons retrouvé flottant sur l'eau grise du port de Saint-Nazaire. C'était bizarre de le regarder de haut depuis le quai, il me paraissait soudain minuscule. Les parents avaient organisé une fête avec les copains du chantier et quelques amis. Ils souriaient et se jetaient des regards en coin comme une bande de conspirateurs qui auraient réussi un bon coup. J'ai foncé vers la couchette que j'allais désormais partager avec Solange : mes doudous étaient alignés au fond, et M avait installé une couette toute neuve décorée de dauphins bleu clair. L'un des petits casiers destinés à ranger nos affaires était rempli de livres. C'était chez moi, mon nouveau chez-moi.

Soudain, tout prit forme. Nos premières étapes – pour nous amariner, disait papa – seraient Belle-Île puis les ports de la Bretagne Sud, avant de descendre vers l'Espagne. Ensuite, le grand large, le vrai, la traversée de l'Atlantique avec une escale aux Açores. M nous promettait que nous croiserions des baleines. Les parents rivalisaient d'arguments pour nous convaincre : ils vendaient leur projet comme si nous pouvions choisir de partir ou non, ma sœur et moi, comme si la seule perspective de voyager tous les quatre, blottis dans le ventre de Loup-Garou, ne pouvait suffire à nous remplir d'envie et d'excitation.

Mamie avait une drôle de voix quand elle nous a serrés dans ses bras le jour du grand départ. L'aventure commençait. Rien ne pouvait nous arriver. Tout pouvait nous arriver.

CHAPITRE 3

Ce cours de SVT est interminable. Depuis trente-cinq minutes, madame Correl s'acharne à susciter chez ses élèves une démarche scientifique permettant de prouver l'absorption d'oxygène par les poissons. J'aimerais lui faire remarquer que c'est démontré depuis bien longtemps et que, si elle voulait passionner son auditoire, elle pourrait nous parler des poulpes et de leurs neuf cerveaux, des oxudercinaes, ces poissons qui déambulent à l'air libre dans la boue des mangroves, ou encore de la migration des anguilles qui naissent ici, dans les méandres de la Loire, et qu'on retrouve en mer des Sargasses, de l'autre côté de l'Atlantique. Mais madame Correl n'a aucun talent pour le stand-up. Son public s'ennuie et, assommé, il filera dans vingt-trois minutes rejoindre au pas de course la salle B21 pour un formidable show autour des Fourberies de Scapin.

Le troupeau de mes camarades d'infortune ne semble ni lassé, ni enthousiaste. Depuis trois mois, tel un agent infiltré, j'observe les mœurs et usages de la classe.

J'ai ma place réservée au premier rang dans chaque salle. Personne ne veut s'y mettre. On m'adjoint régulièrement un comparse extirpé des derniers rangs pour cause de bavardage. Il s'assoit lourdement à mes côtés, et nous n'échangeons rien de plus que le grincement simultané de nos deux chaises.

Papa s'inquiète. Il me demande souvent si j'ai des amis, ce que je mange à la cantine ou qui est mon prof préféré. Je le rassure : tout va bien.

À bord de Loup-Garou, nous étions à la fois toujours et jamais à l'école. Par temps calme et aux escales, je m'installais avec papa pour réviser la conjugaison et l'orthographe. Il relisait avec attention les histoires que j'écrivais et me proposait souvent quelques corrections.

— Pense à tes futurs lecteurs, se moquait-il.

Son domaine à elle, M, c'étaient les maths. J'ai appris les fractions en mer en faisant du pain avec une recette prévue pour un régiment, j'ai compris les multiplications en calculant le budget nécessaire pour notre séjour au port de Funchal et j'ai tracé sur nos cartes des triangles précis pour nous localiser. Tout était prétexte à apprendre : les oiseaux, le vent, les pavillons des cargos, la couleur de la mer aux abords des côtes, les bonites tout juste pêchées éventrées sur le pont, les fleurs d'hibiscus aux pistils intrigants.

Avec Solange, nous passions nos soirées à lire, blotties dans notre lit commun. Quand le bateau bougeait trop, ou que les batteries ne permettaient plus de garder notre loupiote allumée, nous jouions à nous remémorer les histoires que nous connaissions par cœur, récitant nos passages préférés. Plus que l'eau et les vivres, les livres étaient devenus une quête essentielle à chaque escale... Bien vite, notre petite bibliothèque de bord s'enrichit d'ouvrages en espagnol, en anglais, en portugais, dont nous tentions de deviner le sens en prononçant les mots avec des accents improbables qui nous faisaient mourir de rire.

Chez mamie, nous partageons encore la même chambre, Solange et moi, mais nous avons désormais chacune notre lit. Le matin, sur le chemin de l'école, elle est intarissable : je sais tout de ses meilleures copines Dahlia et Roxane, de Mathys le pénible de la classe, ou encore de Charlie et Kenzo avec qui elle joue au foot... Elle me raconte en pépiant comme une poule tout le petit monde qui gravite autour d'elle. Elle adore sa maîtresse, pas celle du mardi, une stagiaire désordonnée, mais la principale, celle qui lui met des tampons colorés « Bravo, continue ! » en bas de ses pages de cahier et qui leur donne des cours de théâtre dans la salle polyvalente.

Depuis que nous sommes installés chez elle, mamie a ressorti sa cocotte et ses plats à gratin. Elle déploie une énergie incroyable auprès de cette famille en vrac venue bouleverser son quotidien. Au début, papa l'aidait beaucoup, il faisait les courses et s'occupait de Gaston. Maintenant qu'il a trouvé un travail, tout le monde est plus occupé. Il part tôt le matin, engoncé dans un costume qui lui fait une drôle de silhouette. Il a rasé sa barbe et ses yeux brillent moins. C'est peut-être le manque de soleil. C'est peut-être le manque de M.

Chaque journée file, identique à la précédente, jusqu'au week-end où on se retrouve, éreintés, comme échoués. Le dimanche est notre refuge. Les devoirs ont été expédiés la veille, le coffre de la Dacia est chargé de combinaisons et de sandwichs, et nous filons vers la mer. Sur les plages du Croisic ou de Port-Saint-Père, quelle que soit la température, nous savourons à nouveau pour quelques heures le goût du sable et de l'eau salée. Avec papa, nous glissons sur nos planches, surfant de conserve avant de nous fracasser en hurlant dans un bouillon d'écume. Gaston court après les goélands. Il réalise avec mamie des constructions très élaborées ornées de coquillages et d'algues, qui s'évanouissent aux premières vagues de la marée montante. Nous ne quittons la plage qu'à regret, lorsque nos pieds sont gelés et que le soir emporte avec lui l'éclat des reflets sur l'eau.

Sur la route du retour, je tente de garder en moi le grand air accumulé pendant cette parenthèse de bonheur. Je sais déjà que couchée dans mon lit une fois la nuit tombée, j'entendrai, étouffés dans son oreiller, les pleurs de Solange.

CHAPITRE 4
(Flash-back)

La première année en mer a fait de nous un équipage organisé et efficace. Les virements de bord s'exécutent en souplesse, papa au winch et M à la barre. Solange se jette avec rapidité sur l'écoute pour border la voile. Moi, je préfère les manœuvres d'arrivée : laisser filer la lourde chaîne de l'ancre au mouillage en veillant à éviter les zones rocheuses, sauter la première sur le quai, une amarre à la main. Papa m'appelle le singe. Comme je suis légère et que je n'ai pas le vertige, il m'a déjà hissée au sommet du mât à plusieurs reprises, pour réparer l'anémomètre ou décoincer une drisse. Là-haut, je me sens seule au monde. C'est incroyable comme d'ici le pont paraît minuscule. Est-ce de cette façon que les marins s'assuraient jadis de la rotondité de la terre ?

— Prudence, Prudence ! me criait M d’en bas, et ça nous faisait tous rigoler.

L’Atlantique fut notre terrain de jeu pendant ces six années, nous y avons suivi le Gulf Stream, tourné en rond tel un poisson dans son bocal. Mais quel bocal ! Mes souvenirs les plus lointains me portent sur le sable blanc des côtes africaines. Les odeurs écœurantes du port à l’heure du retour des pirogues colorées y côtoient le vert éclatant des piles de gombos posés à même le sol poussiéreux des marchés de Dakar. J’entends encore les cris des pélicans jaillissant de la mangrove en Casamance. Dans notre petite annexe, nous glissions doucement au milieu d’un labyrinthe de racines, les sens en éveil dans l’espoir mêlé de crainte de croiser un crocodile.

Nous avons fêté mes huit ans au beau milieu de l’Atlantique. Nous avions quitté les îles du Cap-Vert la veille. M avait acheté à Praia des petites bougies chinoises qui se sont affaissées sur elles-mêmes juste avant que je les souffle. La traversée jusqu’à l’île de Tobago a duré presque trois semaines. J’en garde le souvenir émerveillé des dorades coryphènes pêchées à la traîne et des volutes de plancton luminescent qui, la nuit, donnaient à Loup-Garou des airs de bateau fantôme. Les parents se relayaient pour les quarts. L'année suivante, moi aussi j'assurais la sécurité du bord lors des navigations, calée confortablement dans un coin du cockpit, avec un thermos rempli de chocolat chaud, l'œil et l'oreille aux aguets. J'avais réclamé à grands cris cette responsabilité, les parents en avaient longuement débattu, avant de céder, avec la promesse que jamais je ne sortirais sans mon harnais de sécurité.

— Et si tu commences à t'endormir ? me testait papa.

— C'est promis, je viendrai vous réveiller dès que je me mettrai à bâiller !

— Tu sais, c'est sérieux, même les meilleurs navigateurs peuvent tomber dans le piège du sommeil...

— Vous pouvez me faire confiance, ajoutais-je en prenant mon air le plus convaincant.

Une fois, une seule, le soleil m'a trouvée affalée sur la banquette humide au petit matin entre Cuba et la Floride. Je ne leur ai rien dit.

Les mois passaient, alanguis, nous regardant sautiller d'une île à l'autre dans l'arc des Antilles. Nous vivions en maillot de bain toute la journée, et plongions dans l'eau salée à peine les devoirs expédiés. Papa rapportait du marché des légumes au goût sucré : patates douces, christophines, et des bananes de toutes les formes. Nous partions parfois pour un ou deux jours à la découverte de l'intérieur des îles, dans des forêts humides peuplées d'animaux inconnus, sur le flanc de volcans qui crachaient par des failles étroites des vapeurs piquantes. Ça ressemblait aux illustrations de notre livre sur les dinosaures. Nous jubilions.

Nous nous arrêtâmes pour une escale plus longue que les autres à Saint-Martin. M disait que ça ferait du bien de se poser quelque temps, de « créer des liens ». La réalité était plus prosaïque, il fallait renflouer la caisse de bord. Papa accepta un poste de nuit à l'aéroport, il aidait au déchargement des avions de fret, chargeait des camions, remplissait et vidait des entrepôts. Il rentrait épuisé juste avant l'aube, et partageait avec nous le petit déjeuner avant de s'étendre dans la cabine avant. Nous faisions nos devoirs en chuchotant, puis M filait dans un des hôtels de luxe de la partie néerlandaise de l'île, où elle travaillait à la réception jusqu'au soir. J'ai le souvenir d'une période de grande liberté pour Solange et moi. Nous nous fîmes quelques amis : des enfants de commerçants de la marina et de familles voyageant au long cours, qui au gré des escales cherchaient comme nous des moments de partage. L'endroit ne risquait rien, papa nous laissait emprunter l'annexe gonflable, et les membres de notre petite bande devenaient alors explorateurs, capitaines, conquérants : nous abordions des côtes inconnues, déterrions des butins enfouis sur les plages, et rentrions parés d'or et de richesses, de sable et de coups de soleil.

Un matin, papa revint sans son uniforme de l'aéroport. C'était fini, le trésor de guerre était reconstitué, nous repartîmes vers le nord, direction la Floride.

J'entamais l'année de mes dix ans, et soudainement, le surf devint ma raison de vivre. M et moi avions nos planches arrimées aux filières du bateau. Durant plusieurs mois, la météo des vagues guida le choix de nos escales. Nous essayâmes les meilleurs spots, côtoyant ce petit monde inconsistant de personnages bronzés aux cheveux délavés par le sel. Je délaissais Solange, qui préférait l'univers sous-marin et les longues marches sur les côtes à la recherche de coquillages étranges ou d'oiseaux qu'elle photographiait avidement. Pendant un hiver entier, les plages de St. Augustine et Ponce

Inlet furent le lieu de toutes mes sensations. La glisse emplissait jusqu'à mon sommeil. Papa s'ennuyait. Les planches furent un jour rangées dans le coffre arrière, et je pleurai lorsque nous partîmes de nouveau. Quitter un lieu pouvait donc devenir difficile ?

Papa voulait remonter la côte jusqu'à New York. Un rêve d'enfant : passer sous le Verrazzano Bridge avant d'entrer dans la baie, les yeux rivés sur la statue de la Liberté comme avant nous des centaines de milliers de migrants. Après les semaines mornes de la remontée des États du Sud jusqu'au Delaware, où chaque port était semblable au précédent, l'arrivée dans Manhattan eut sur nous l'effet d'une avalanche de sons et de lumières. Nous y restâmes tout un printemps. Chaque matin, nous laissions derrière nous le ponton étroit de la marina de la 79e Rue pour déambuler jusqu'au soir. Les parents étaient surexcités, ils nous traînaient de SoHo à Wall Street, sautant d'une ligne de métro à l'autre, sans aucune attention pour nos pieds meurtris qui avaient perdu l'habitude de porter des chaussures. Non loin du port, le Muséum d'histoire naturelle devint notre endroit préféré. Il y avait à l'arrière de l'imposant édifice une petite boutique de cookies d'où nous revenions les joues barrées de chocolat fondu. À l'instar du chocolat, la cagnotte familiale fondit comme neige au soleil. Il fut bientôt temps de reprendre la mer.

Nous retournâmes à Saint-Martin. Papa se fit réembaucher à l'aéroport, mais cette fois il était seul à travailler. Les parents nous avaient concocté une jolie surprise : la fabrication d'une minuscule couchette dans l'espace fouillis où nous rangions le spi en vrac et le ventre arrondi que M arborait ne nous laissèrent pas longtemps dans le doute. Nous aurions bientôt un nouvel équipier.

CHAPITRE 5

Le rendez-vous est fixé à 10 h 30, ce qui correspond judicieusement au moment de l'heure de permanence entre le cours de maths et celui d'anglais. J'ai demandé à Anta, une fille de la classe, de prendre des notes pour moi si je ratais le début du cours suivant. Elle vient souvent s'asseoir à côté de moi car elle ne voit pas grand-chose à partir du deuxième rang depuis qu'elle a cassé ses lunettes, il y a un mois. On mange parfois ensemble au self du collège, le mardi et le vendredi, les autres jours j'ai plus de temps et je préfère rentrer chez mamie. On parle des profs, des devoirs, des petits faits banals de notre quotidien ennuyeux. Elle n'est pas très bavarde, ça me convient parfaitement.

La porte s'ouvre sur un type plutôt jeune. Il arbore

des lunettes rouges et une moustache reliée à un bouc par deux minces filets de poils frisottés. Ce n'est pas l'image que je me faisais d'un psychologue scolaire. Je m'attendais à une femme grisonnante, qui aurait porté un châle sur un chemisier bohème. Efficace et rassurant, il m'indique une chaise et s'installe derrière un large bureau, avant de poser devant lui un dossier tout fin sur lequel est écrit mon nom au marqueur noir.

— Prudence…, me dit-il comme pour s'assurer que ce prénom correspond à la jeune fille tétanisée assise en face de lui. Bonjour, mademoiselle !

Je bredouille un bonjour peu convaincant.

— Prudence, une personne nous a signalé que tu n'allais peut-être pas très bien, et je te propose qu'on en discute ensemble aujourd'hui.

— Non, ça va. Qui vous a raconté ça ?

— Une de tes camarades. Après la séance de prévention du suicide. Tu te rappelles cette séance ?

Je ne réponds rien. La boule coincée dans mon estomac remonte de quelques centimètres et se loge à l'endroit où je devrais normalement former un son. Cette séance a eu lieu la semaine dernière. Une infirmière était passée dans toutes les classes pour parler de la puberté, des émotions qui traversent les jeunes à cette période de leur vie, et des « signaux d'alerte ». Elle avait encouragé chacun à être à l'écoute de lui-même et des autres, et à chercher de l'aide auprès d'adultes lorsqu'une situation paraissait inquiétante. Je ne crois pas avoir pu susciter l'inquiétude de quiconque. Personne ne me connaît. Je suis si transparente. Personne ne voit que, tout au long de la journée, mon esprit s'envole au-delà des murs. Personne ne me regarde, de toute façon. Je ne suis pas comme eux, ils doivent bien le sentir. Je suis ailleurs. Je suis nulle part.

— Prudence, si tes camarades se font du souci pour toi, ils ont eu raison d'en informer ton professeur principal, et c'est pour ça qu'on se rencontre ce matin.

Le psychologue pousse vers moi une boîte de kleenex. Je réalise que des larmes coulent sur mes joues et j'en ai immédiatement honte.

— Tu es arrivée dans notre établissement cette année, c'est bien ça ? Où étais-tu avant, Prudence ?

Il ouvre la chemise qui ne contient qu'une feuille, celle de mon dossier d'inscription, avec la photo d'identité prise dans le photomaton de la gare de Nantes à la fin du mois d'octobre. J'y ai les cheveux courts et un teint hâlé aujourd'hui disparu.

— J'étais en voyage, dis-je dans un souffle.

— En voyage ? Combien de temps as-tu voyagé ?

— Toujours. J'ai toujours voyagé.

Il lève les yeux et me regarde attentivement.

— Raconte-moi, Prudence.

Comment lui répondre ? Il doit être pressé, d'autres élèves l'attendent. Comment lui raconter les années sur les mers, Loup-Garou, les nuits sous les étoiles et les terres à l'horizon ? Comment évoquer l'enfant gracile et si vivante qui a poussé comme une plante sauvage arrosée par les pluies équatoriales. Comment faire comprendre la sensation de mes pieds nus sur le sable, du sel dans mes cheveux et du soleil au réveil. Comment dire le manque ?

Je lui donne à entendre quelques bribes : le rêve des parents, le bateau, l'école à bord, les pays visités. Ses yeux grands ouverts me scrutent, il doit se demander si c'est vrai, personne ne déballe ce genre de trucs dans le bureau gris de ce collège nantais. Il m'encourage du regard, me questionne sur les escales que j'ai préférées. Je sens qu'il m'écoute, qu'il me croit. Peu à peu, la boule d'angoisse se dégonfle et je parviens à lui avouer que c'est difficile ici. Que la vie est si différente. Que j'ai du mal à être bien. Que j'ai l'impression que cette personne qui vient s'asseoir chaque jour dans la salle de classe est une étrangère. Je ne pleure plus, je tire sur un long fil et déroule une histoire qui formait jusque-là une pelote emmêlée.

Un silence s'installe.

— Comment ça se passe avec tes parents ?

— Je ne veux pas que vous parliez de tout ça à mon père.

— D'accord. Et ta mère... ? Où est-elle ?

Il se penche à nouveau sur la feuille du dossier. Je baisse la tête, je fixe au sol une trace laissée par le pied du bureau qui a dû être déplacé un jour, après être resté trop longtemps au même endroit.

— Saint-Martin ? C'est aux Antilles, non ?

Je lève les yeux, un flot de larmes s'échappent de mes paupières.

— On dit Sint Maarten, c'est du hollandais.

CHAPITRE 6
(Flash-back)

Dix-huit mois s'étaient écoulés depuis notre escale précédente à Saint-Martin. Entre-temps, j'avais pris douze centimètres – grâce aux burgers américains, se moquait papa – et je regardais d'un nouvel œil ce petit monde où se côtoyaient natifs de l'île et aventuriers, touristes et hommes d'affaires dans un entre-soi un peu artificiel. La marina de Fort Louis redevint bien vite notre univers familier. Nous avions bizarrement le sentiment d'être rentrés chez nous, sans doute parce que c'était la première fois que nous revenions sur une de nos escales.

Anna et Sara, les filles du gérant de la supérette du port, avaient grandi elles aussi. Nous délaissions les parties de pêche avec Solange pour nous réfugier toutes les trois dans leur chambre, où nous partagions nos petites et grandes histoires. Nous passions des heures à jouer sur leurs portables, à rire de tout et de rien. Je rêvais d'avoir une chambre comme la leur, avec une grande fenêtre, un bureau, et un lit rien qu'à moi dans lequel je pourrais m'étaler et laisser la lumière allumée aussi tard que je le voudrais.

Nous continuions l'école à bord tous les matins, assises avec M autour de la table du carré, après le petit déjeuner. Papa n'avait pas trop le temps de m'aider à cause de son travail. J'avais de plus en plus de mal à me concentrer, surtout en maths. Les problèmes de proportionnalité et les conversions se bousculaient dans ma tête, je n'y trouvais aucun sens. J'en vins même à redouter ce moment, et je repoussais sans cesse l'heure fatidique à laquelle j'ouvrirais mes cahiers. Les séances étaient longues et douloureuses. Elle et moi terminions sur les nerfs. Solange récitait ses poésies et ses tables de multiplication, puis prenait la poudre d'escampette et ne rentrait qu'une fois le déjeuner servi. Un jour, pendant le repas, M évoqua l'idée de m'inscrire à l'école pour l'entrée en cinquième. Papa la regarda d'un air interrogatif.

— Au collège ici, tu veux dire? lui demanda-t-il, tombant des nues.

— Oui, répondit-elle, elle pourrait y aller avec Anna et Sara, ce serait une bonne idée, je trouve.

— Mais... on sera déjà repartis, non?

Sa question n'eut pas de réponse. M se leva pour aller chercher le plat de riz, en dégageant avec difficulté de la banquette son ventre devenu énorme, et laissa planer un sentiment bizarre d'incompréhension.

Gaston arriva le 15 novembre, à la fin de la saison des cyclones. À la clinique, j'admirai à travers les parois transparentes du berceau la minuscule tête chevelue de mon petit frère. Ses jambes maigrelettes et ses pieds rouges dépassaient d'une couche beaucoup trop grande pour lui. Solange et moi fondîmes immédiatement. Les regards que nos parents avaient l'un pour l'autre dans cet univers blanc et aseptisé me remplirent le cœur d'un soulagement intense, dont je ne compris le sens que bien plus tard.

Mamie nous rendit visite. Elle nous trouva si changés qu'elle en eut les larmes aux yeux. À l'abri d'un chapeau de paille à large bord, elle n'avait pas vieilli. Seules étaient apparues quelques lignes fines sous ses paupières, qu'elle plissait derrière d'immenses lunettes de soleil. Dès le début de la matinée, avec Solange, nous allions la chercher à son hôtel, et lui faisions découvrir notre petit univers : la plage, le marché. Elle nous achetait des glaces à la coco en nous faisant promettre de ne rien dire aux parents, et nous l'aidions à transporter jusqu'au bateau les fruits colorés inconnus en métropole, qu'elle découvrait avec émerveillement.

Les semaines qui suivirent son départ furent intenses et heureuses. Nous vivions au rythme du nouveau matelot, qui semblait totalement ignorer les lois de la bienséance. Il dormait et mangeait quand il le décidait, et nous devions nous soumettre à ses volontés sans rechigner. Gaston était un bébé potelé et rieur. Il nous charmait de ses babillements, chacun voulait être celui à qui il adresserait son premier sourire, son premier mot. Nous avions, Solange et moi, la responsabilité de la balade du matin : dans la poussette fatiguée qui avait jadis transporté Anna et Sara, nous emmenions notre petit frère jusqu'à la plage, en longeant la promenade. Là, nous nous asseyions sur un grand paréo étalé sur le sable, Gaston calé entre nous. Nous nous efforcions de prendre des airs de dames, sous l'œil étonné et amusé des nombreuses nounous qui bavardaient bruyamment en surveillant distraitement la progéniture riche et pâlotte qui leur était confiée. Lorsque nous rentrions au bateau, papa était de retour de l'aéroport, et M avait concocté un bon repas, ils nous attendaient avec le sourire. Elle avait retrouvé la vivacité que je lui connaissais quand nous partions toutes les deux surfer ensemble. Nous discutions de tout et de rien, du collègue de papa qui buvait un peu trop, caché derrière les piles de palettes de l'entrepôt, du voilier de Patrick et Cécile, nos voisins de ponton, qui prendrait le large dès que la météo serait adéquate, de la nouvelle boutique qui venait d'ouvrir du côté hollandais de l'île, ou de la sortie en annexe du week-end suivant à Friar's Bay.

Je ne sais pas exactement à quel moment les fêlures dans ce quotidien apaisé ont commencé à apparaître. Ce ne fut pas une brisure nette. Des pressentiments glissés dans les interstices du temps. Une remarque amère.

Un agacement. Mais surtout il y eut certains sujets dont on ne parlait plus : la suite du voyage, le départ prévu lorsque Gaston serait sevré, les nouveaux horizons vers lesquels voguer.

Nous étions dans un temps suspendu, comme une chenille qui aurait tissé un cocon confortable en suivant son instinct d'insecte, sans présumer de son futur, sans se douter qu'un jour elle deviendrait un papillon et devrait s'envoler, sans d'ailleurs qu'elle sache bien pourquoi.

CHAPITRE 7

Anta retire ses baskets. Elle les glisse dans son sac.

— Tu as du déo ?

Je lui tends le flacon blanc au contenu « garanti bio sans sels d'aluminium ». Nous sortons du vestiaire. D'habitude, le mercredi midi, je file ensuite chercher Solange et nous rentrons manger chez mamie. Mais aujourd'hui, c'est un peu exceptionnel, Solange rentrera seule car je suis invitée chez Anta. On a un exposé de géo à faire, et elle m'a proposé de le terminer ensemble cet après-midi. C'est la première fois que je vais chez une camarade depuis les échappées chez Anna et Sara, il y a une éternité. Je l'ai annoncé hier soir à papa, l'air de rien. Avec le même air de rien, il m'a répondu :

« C'est super ça. Tu rentres avant 18 heures, d'accord ? », mais je voyais bien que ça lui faisait plaisir d'apprendre l'existence de cette copine.

Anta s'engouffre dans un grand immeuble, à deux pas du collège. Le hall est sombre, et sur le mur de crépi blanc sale plusieurs boîtes aux lettres crachent des monceaux de prospectus publicitaires que personne ne ramasse. Nous prenons l'ascenseur.

— Juste un conseil, lance Anta en appuyant sur le bouton, sois polie avec ma tante, sinon je risque d'en entendre parler toute la soirée.

— Je suis une fille très polie, lui dis-je avec un air complice.

Elle me sourit en coin – elle ne doit pas souvent amener de visiteurs – et la cabine s'arrête au septième dans un soubresaut.

La tante d'Anta m'accueille avec deux bises collantes dans l'odeur délicieuse de la grosse marmite qui mijote sur la gazinière. Les deux cousines d'Anta sont assises devant la télévision. L'une d'entre elles, Binta, a exactement le même âge que nous, je la croise régulièrement au collège. Le son de l'émission est à plein volume, nous

nous réfugions dans la chambre. La pièce est encombrée par deux lits superposés et un autre placé en angle, c'est celui d'Anta. Elle tire un bac en plastique glissé dessous et en sort son classeur de géo, qu'elle pose entre nous.

— C'est parti ?

— C'est parti.

Avec mon feutre préféré, j'inscris en haut de la feuille le sujet de l'exposé : « La révolution verte en Inde ». En élèves sérieuses et appliquées, nous faisons un plan, puis je choisis des images et des graphiques pendant qu'Anta rédige la première partie. Nous avançons bien, c'est agréable de travailler à deux. D'habitude, je passe des heures à essayer de me concentrer et de rassembler mes idées.

Mon estomac me rappelle tout à coup que nous n'avons pas encore mangé. Une voix d'homme se fait soudain entendre dans le petit appartement.

— Ah ! Mon oncle est rentré. Viens, on va mettre la table, propose Anta.

— Tu vis avec ton oncle et ta tante depuis longtemps ?

Immédiatement, je m'en veux de ne pas avoir pensé à ce que pouvait soulever une telle question.

— Depuis presque toujours. En tout cas, je ne me souviens pas d'avant.

Elle semble réfléchir. Aucune émotion ne vient troubler ses traits. Elle me montre une photo délavée punaisée sur le mur, à la tête de son lit. On y voit une jeune femme aux cheveux nattés serrés, en boubou traditionnel. Elle se tient debout devant une petite maison au toit de tôle ondulée.

— C'est ma mère.

Soudain, une question que je n'oserais jamais poser se forme dans ma tête, mais Anta ajoute dans un sourire :

— Elle est au pays. En Gambie.

— Elle te manque ?

Elle hésite un moment. Puis pointe du doigt la coiffure élaborée de la femme de la photo.

— Je suis là, dit-elle. Je le sais.

Puis, désignant son front, elle ajoute :

— Et elle est là, tout le temps. On n'est juste pas sur le même chemin.

Binta déboule dans la chambre pour nous prévenir que le repas est servi. Nous avons intérêt à ne pas traîner.

Le déjeuner est joyeux et bruyant, la famille réunie échange pêle-mêle anecdotes et grands éclats de voix, le tout ponctué les fous rires des cousines. Les cuillères plongent dans le grand plat au centre de la table. Le poulet mariné et la sauce pimentée à l'arachide me rappellent avec force les odeurs et les saveurs du temps d'avant.

Je me souviens de la Gambie, pays minuscule qui sur la carte ressemble à un petit lézard au milieu du Sénégal. On y parle un anglais mâtiné de wolof. Nous avions navigué dans l'embouchure de la Gambia River, au milieu des palétuviers, jusqu'à atteindre l'île James, point de départ des esclaves au dix-huitième siècle. Plus tard, lors d'une étape dans les États du Sud aux États-Unis, j'avais lu Racines et retrouvé avec émotion à travers ces lignes le lieu d'origine du héros, Kunta Kinté.

Anta ne connaît pas son pays. Elle n'en a pas le souvenir. Elle ne parle pas le diola de sa mère, elle ignore tout des appels du muezzin du haut des petits minarets de ciment, des marchés où les chiens jaunes aux oreilles couvertes de mouches disputent aux poules les déchets accumulés dans les égouts à ciel ouvert. Elle n'a pas parcouru pieds nus les longues plages de sable blanc, ni les chemins de latérite comme des milliers d'enfants se rendant à l'école dans leur uniforme bleu et blanc. Elle n'a pas porté sur sa tête les bassines émaillées chargées de légumes pour aider les femmes de sa famille à préparer le repas de toute la maisonnée, en chantant avec les voisines pour se donner du courage. Elle n'a pas ri et dansé aux fêtes de la Tabaski au milieu des cousins et amis.

Sa mère l'a arrachée à jamais de la vie à laquelle elle était destinée. En envoyant sa fille vivre chez sa tante en France, elle a projeté sur elle ses propres rêves, celui de faire des études, celui d'avoir un futur brillant. Un futur tout court.

Au moment de rassembler mes affaires éparpillées sur le lit, Anta me souffle, d'un air embêté :

— C'est moi qui suis allée voir la prof l'autre fois, pour dire que t'allais pas bien.

Je pense que je le savais au fond de moi. Je suis quand même soulagée par cet aveu, je n'aurais pas aimé qu'un autre élève de ma classe se soit aperçu de mon état.

— T'as eu raison. J'allais pas très bien.

Sur le chemin du retour, je repense au sacrifice de la

mère d'Anta. À la générosité de sa tante et au courage de la jeune femme de la photo. Brutalement, une vague de colère et de honte me submerge. L'égoïsme de M m'apparaît soudain évident et grossier.

CHAPITRE 8
(Flash-back)

Il y eut des disputes. Il y eut des haussements de ton. Des pleurs aussi. Ce que les parents s'efforçaient de nous cacher débordait parfois des parois fines de leur cabine. Solange me prenait alors la main et nous restions allongées toutes les deux, fixant le plafond, avec la conscience aiguë que ceci n'était pas normal.

Les grandes vacances étaient arrivées sur la pointe des pieds, sans l'enthousiasme habituel qui nous faisait envisager des tas de projets et de balades. L'aube nous trouvait tous d'humeur maussade. Le petit déjeuner familial n'était égayé que des rires de Gaston qui, à presque neuf mois, mangeait tout ce qui lui tombait sous la main. Son insouciance m'agaçait. Les parents multipliaient les efforts, ils se comportaient comme s'il ne se passait rien de bizarre. Ils essayaient de détendre l'atmosphère, nous questionnant sur nos lectures ou notre programme de la journée. Solange faisait ouvertement la tête. Je n'avais rien à dire, et pourtant tant à questionner. Je me sentais incapable de formuler clairement l'espèce de tristesse qui grandissait comme une mauvaise herbe au creux de mon estomac.

Un nuage lourd et toxique s'était abattu sur notre famille. Il nous empêchait de respirer.

Désormais, papa s'occupait de nous le matin, pendant que M partait courir ou chercher du travail. Elle avait hâte de sortir à nouveau du bateau, de rencontrer d'autres gens, nous disait-elle. Papa nous rassurait : c'était naturel, M était fatiguée, il y avait eu la naissance de Gaston, et elle avait envie de se poser un peu avant de repartir. Travailler lui ferait du bien et nous permettrait d'économiser pour changer le génois, qui avait un peu souffert lors de la descente de la côte Est des États-Unis. Quand elle n'était pas là, il ressortait les guides de navigation du grand tiroir de la table à cartes, et nous rêvions tous les trois de nos prochaines escales : nous commencerions par l'archipel de Los Roques, au nord du Venezuela, c'était bientôt la saison de la ponte des tortues.

Tout est devenu clair – et paradoxalement immédiatement très compliqué – un jour de juillet. C'était juste après le passage d'un mini-cyclone, comme il y en a fréquemment en cette saison. La mer était grise encore, mais il avait été décidé que nous irions jusqu'à Oyster Pond, de l'autre côté de l'île. Anna et Sara nous y rejoindraient en voiture avec leurs parents. Habituellement, cette baie est chargée de touristes, mais à cette période de l'année nous étions quasiment les seuls au mouillage. Sara et Solange étaient devenues amies. Elles partageaient une passion pour les plongeons depuis la jupe arrière de Loup-Garou. Elles empruntaient les planches de bodyboard qu'elles traînaient derrière elles lorsqu'elles partaient plonger avec leur masque et leur tuba, y déposant leurs trouvailles. M était rassurée, car on pouvait ainsi toujours les localiser.

J'avais trouvé en Anna une confidente. Nous avions grandi et nos préoccupations changeaient. Anna insistait pour que j'aille en cinquième avec elle au collège.

Cet après-midi-là, nous étions assises dans le sable, à la limite entre le sec et le mouillé, là où la mer dépose en vrac brindilles et coquillages brisés.

— Tu verras, disait-elle, ce sera cool, et au moins tu auras déjà une copine : moi !

Rien n'avait été décidé. J'avais conscience que cela faisait partie des sujets sur lesquels mes parents n'étaient pas d'accord, et être au cœur d'un tel conflit me déchirait. J'étais vraiment partagée : d'une part, vivre « normalement », avec des amies, dans un lieu que j'aimais et où je sentais que M était bien ; d'autre part, reprendre notre vie nomade, avec ses moments solitaires et difficiles, mais surtout avec ses joies, ses découvertes, et cet indicible sentiment de liberté qui nous faisait vibrer.

Anna s'assombrit soudain. Elle baissa les yeux, puis les releva vers moi. J'eus l'impression qu'elle me regardait avec une émotion pire que la tristesse. Avec pitié.

— Tu sais, ta mère…

— Quoi, ma mère ? questionnai-je fébrilement.

— Mes parents disent que ça ne va pas.

— Oui, je sais, elle est triste. Je sais pas trop pourquoi.

— Ils pensent que votre famille est en danger. Je veux dire… que ton père et ta mère sont en danger.

J'encaissai le choc. Mes parents se disputaient, soit. Que ceux d'Anna et Sara s'en soient aperçus, d'accord, mais de là à prétendre que ma famille était en danger... Il devait y avoir quelque chose de grave. De beaucoup plus grave.

— Comment ça, en danger ? Qu'est-ce qu'ils t'ont dit, tes parents ?

— Ils me l'ont pas dit, je les ai entendus. Ils ont parlé d'un gars, à l'hôtel où elle travaille. Le patron. Apparemment, ta mère et lui...

Elle détourna le regard et fixa un amas d'algues entortillé autour d'une bouteille en plastique. Je crus que j'allais vomir.

— Tu racontes n'importe quoi, c'est pas possible. Pas du tout. C'est impossible, t'entends, impossible ! hurlai-je.

Je me levai maladroitement et avançai en titubant vers la mer, chassant de ma tête les visions insupportables qui tentaient de s'y infiltrer. Ma mère avec un autre homme que papa. Soudain, le fragile édifice de ma vie s'effondrait : ma famille tombait en miettes, à l'image de ces milliers de coquillages qui me meurtrissaient la plante des pieds, elle était brisée. Explosée.

Je me recroquevillai sur le sable humide. Je sentis la main d'Anna sur mon épaule et je me mis à pleurer. Comme jamais je n'avais pleuré. Elle me prit maladroitement dans ses bras. Nous restâmes longtemps ainsi, je sanglotais comme un bébé, elle ne disait plus rien. J'en étais soulagée.

Un cyclone plus destructeur que les autres venait de croiser notre chemin.

CHAPITRE 9

La route se tord en virages infinis. À l'arrière, Anta dort depuis notre dernier arrêt, à la station-service d'Albertville. Les montagnes alentour sont couvertes de neige. D'un blanc pur au sommet, elle s'étend sur les forêts de sapins en descendant, pour terminer, sale et grise, au pied des villages que nous traversons.

Papa enchaîne les cafés depuis notre départ de Nantes à l'aube. Il est fatigué. Hier, la journée a été compliquée, l'avion de Solange et Gaston a décollé avec du retard. Papa a préféré attendre à l'aéroport « au cas où », même après les avoir confiés à l'hôtesse en charge des enfants voyageant seuls. Nous avons reçu un SMS tout à l'heure, un selfie de Solange qui nous tirait la langue : ils avaient finalement réussi à attraper la correspondance à Pointeà-Pitre et étaient en attente des bagages en compagnie de M dans le petit aéroport que papa connaissait par cœur.

J'ai un flash, bref mais intense, de la chaleur et des couleurs des îles en ce mois de février, des fleurs d'hibiscus dans lesquelles des colibris s'abreuvent tout le long de la route qui mène à Marigot. Le contraste avec le paysage gelé de la vallée de la Tarentaise me prend à la gorge. J'imagine les retrouvailles de Solange et Gaston avec M, et cela atteint une zone précise de mon cerveau dont j'ai caché la clé. Je me suis juré de ne pas regretter ma décision.

Nous arrivons à la tombée de la nuit. Je repère le chalet où nous devons retrouver Stéphane, le collègue de papa qui nous a invités à partager la location avec lui et ses deux enfants. C'est la première fois que je pars en vacances au ski. Je suis contente de quitter pour une semaine l'atmosphère oppressante de la ville, et ravie de partager cela avec Anta. Papa m'en a fait la surprise il y a quinze jours, en rentrant un soir à l'appartement.

— Il y a un lit en trop dans la location, tu veux proposer à ta copine de venir ?

Bien sûr, il fallut convaincre son oncle mais, devant

notre enthousiasme conjugué, il finit par accepter en la noyant sous des tonnes de recommandations sur la manière de se comporter.

Papa nous a réservé des cours « niveau débutant » tous les matins, et nous avons passé les deux dernières semaines à rassembler un équipement hétéroclite de moufles, masques et anoraks. Rien ne peut nous arrêter !

Le chalet est petit mais chaleureux. Nous nous répartissons les chambres : avec Anta nous héritons d'une sorte de cabine minuscule, juste à côté de la salle de bains. Tom et Louise, les enfants de Stéphane, nous embarquent dans une partie de Uno pendant que les deux pères mettent à chauffer des pizzas et vident les cabas de courses qu'ils ont apportés. L'ambiance est sympa, un peu « à la cool ». Il y a longtemps que je n'ai pas vu papa aussi détendu. Chez mamie, il fait toujours attention à montrer qu'il sait nous poser des limites, on le croirait parfois en mode démo du père parfait. Nous nous couchons tard ce premier soir, ma nuit sera agitée de rêves de moufles oubliées et de pentes trop raides.

Anta se vautre pour la cinquième fois dans le même virage. Je pouffe un bref instant, avant de m'étaler à mon tour. C'est notre troisième jour de ski, nous avons à présent une grande maîtrise du chasse-neige, si tant est que la piste soit droite et quasi plate... Aujourd'hui, notre moniteur, Jean-Michel – il tient à ce qu'on l'appelle Jean-Mi – nous apprend à slalomer entre des piquets bleus et rouges enfoncés dans la neige d'une piste bien trop verticale à mon goût. Je pense qu'il se venge sur nous de n'avoir pas eu le groupe « élite » cette semaine. Louise est dans ce fameux groupe, on les voit partir crânement le matin dans leurs combinaisons stylées, directement en télésiège, avec une monitrice bronzée qui lance toujours une petite vanne à Jean-Mi au passage.

Louise et Tom sont jumeaux. Ils ont treize ans. Ils sont en quatrième dans un collège privé de Nantes. Louise est aussi sage et prudente que Tom est intrépide. Leurs tignasses blondes ont la même longueur : on les confond de dos lorsqu'ils sont en pyjama le soir au chalet. Nous nous entendons bien tous les quatre. Ça me rappelle certains moments avec des copains de passage au cours de notre voyage, des enfants rencontrés au gré des vents, avec qui nous partagions intensément quelques jours, avant que chacun reprenne sa route, sans grandes promesses, sans rien d'autre que le plaisir d'avoir joué et rigolé ensemble.

Le cours se termine. Nous rejoignons les autres au petit bar où nous nous donnons rendez-vous tous les midis pour manger des hot-dogs hors de prix. Avec Tom et Louise, nous comparons en riant les marques de bronzage laissées par nos masques. Le nez de papa pèle déjà. M n'est pas là pour le lui tartiner de crème solaire. Stéphane et Tom nous racontent le détail de leur itinéraire du matin et préparent déjà celui qu'ils emprunteront après la pause déjeuner. Avec Anta et Louise, nous irons faire de la luge à l'écart des pistes. Au-dessus de trois chalets d'alpage isolés, nous avons ajouté un petit tremplin de neige à une belle descente au milieu des sapins. Nous y passons nos après-midis, alternant glissades et repos au soleil, les écouteurs de Louise plantés dans nos oreilles.

Nous faisons découvrir notre paradis secret aux autres membres de la troupe l'avant-dernier jour, après la soirée fondue. C'est une idée de papa. Stéphane, qui a un peu forcé sur le vin blanc, a trouvé lui aussi qu'il fallait prendre l'air après tout ce fromage.

Nous voilà donc partis tous les six, bien emmitouflés dans nos tenues de ski, vers le hameau désert. Nous nous asseyons sur les pierres plates à l'abri de l'auvent d'un des chalets inhabités. L'après-midi, ces pierres rendent toute la chaleur accumulée au soleil, mais la nuit donne à l'endroit une atmosphère très différente. Le lieu si doux et brillant le jour m'apparaît glacé et sombre. Les sapins forment un cercle inquiétant autour de nous. Louise et Anta ont pris la luge, elles entraînent papa et Stéphane en haut de notre piste verglacée, guidées par la lumière de leurs petites lampes frontales.

Nous restons seuls avec Tom. Je lève les yeux, la lune est à moitié pleine, elle est décroissante. Trop lumineuse, elle nous empêche de distinguer l'ensemble des étoiles. Je retrouve le ciel tel qu'il était en mer : profond, immense, même si les sommets alentour réduisent notre horizon. Tom coupe le silence :

— Je parie que tu connais le nom des constellations.

— Certaines, oui, mais je ne connais pas toutes les étoiles.

— C'était cool, cette semaine.

— C'est clair.

Il me fixe. Je le sens, mais je laisse mon regard planer

du côté de la Grande Ourse.

— Tu fais quoi pendant le reste des vacances ? lancé-je.

— On va chez notre mère, avec Louise, elle habite à Rezé.

Je continue de contempler le ciel, je me surprends à penser que les mêmes étoiles seront dans quelques heures au-dessus des Antilles. À son tour, il me demande :

— Et ta mère ? Je veux dire... elle est où ?

J'hésite. Je n'ai pas envie de me mettre à pleurer. Pas là. Pas maintenant.

— Autre part. Je crois que... je t'en parlerai une autre fois.

— Ça veut dire qu'on va se revoir ?

J'entends un sourire dans sa voix. Je peux le sentir. Je me tourne vers lui. Je distingue ses yeux qui brillent un peu derrière une mèche coincée sous son bonnet.

— J'aimerais bien, oui.

Louise atterrit en poussant des cris sur le nuage de douceur qui venait de se créer. Anta et Stéphane courent derrière elle en enfonçant maladroitement leurs bottes dans la neige molle et en la bombardant de boules de neige. Tom se lève d'un bond, forme dans sa moufle un petit paquet de poudreuse, et se lance à leur poursuite.

Papa, essoufflé, vient s'asseoir près de moi.

Je n'ai plus froid. Une flamme à l'intérieur de moi s'est allumée. Une flamme chaude et belle, qui irradie dans tout mon corps. Je me blottis contre papa et adresse un sourire à la Voie lactée.

CHAPITRE 10
(Flash-back)

Je vécus dans un brouillard épais les semaines qui suivirent le cyclone. J'entendis les mots, si violents, prononcés par nos parents pour nous expliquer la « situation ». Ils y mirent les formes, se voulurent rassurants. Je n'écoutais pas, je ne voulais pas de leurs explications, de leurs yeux humides, de leur attention. La douleur était si forte que j'avais décidé de fermer les écoutilles.

Solange me posait plein de questions auxquelles je n'avais pas de réponse. Anna et Sara avaient repris l'école, nous passions beaucoup de temps ensemble toutes les deux. Nous avions ressorti nos poupées du coffre sous notre matelas, même si je savais que j'étais désormais un peu grande pour y jouer.

M quitta le bateau, emportant avec elle quelques affaires, son grand paréo et sa brosse à poils doux que j'aimais emprunter pour démêler les cheveux de Solange au retour de la baignade. Elle venait nous voir chaque jour, quand papa était au travail. Elle nous amenait à la plage les après-midis et restait avec nous jusqu'au dîner. Elle riait avec nous, nous emmenait plonger. Nous prenions le bus jusqu'à la côte est de l'île, où nous allions marcher le long de sentiers tortueux. C'était tout ce que nous adorions faire, et pourtant il manquait quelque chose d'essentiel, que je ne savais pas nommer.

Lorsque papa rentrait, Gaston, fatigué, se mettait à pleurer. Elle lui racontait alors une histoire pour le calmer, puis nous embrassait et s'éclipsait.

Pendant quelques mois, notre quotidien devint une parodie étrange de vie de famille. Le passé n'était plus évoqué, il remuait trop de souvenirs heureux. Le futur n'existait pas.

Je ne parvenais plus à sourire. Je ne m'en étais pas rendu compte. C'est papa qui m'en fit la remarque. Je lui répondis que j'allais faire un effort, que j'étais désolée. J'étais si profondément triste pour lui. Penser à papa me laissait un creux au milieu de la poitrine. Je me réveillais parfois la nuit, m'asseyant en sursaut avec la sensation d'étouffer. Papa me redisait avec douceur les mots dix fois répétés : « Ce qui arrive aux adultes n'est pas de la faute des enfants, ta mère t'aime et cela ne changera jamais. »

J'en voulais à M. Énormément. Infiniment. Je lui en voulais d'avoir meurtri mon père. Je lui en voulais d'avoir brisé notre famille. Je lui en voulais pour les cauchemars de Solange. Je lui en voulais pour le regard étonné de Gaston quand elle venait le sortir de sa couchette après la sieste. Je lui en voulais de vouloir rester sur cette île maudite. Je lui en voulais pour les bribes de discussion que je percevais évoquant la vente de Loup-Garou. Je lui en voulais d'avoir gâché notre vie.

En octobre, papa prit la décision de rentrer en France avec nous, le temps de « faire le point », nous dit-il. Nous irions chez mamie, elle avait deux chambres libres dans son appartement, l'école était juste à côté et le collège à peine plus loin. Solange pleura beaucoup. M la rassura, lui expliqua qu'elle pourrait bientôt revenir la voir, que ce n'était qu'à un saut de puce en avion. Je ne quittais pas mon masque impassible. Je le portais toujours le jour du départ, quand le taxi nous laissa à la porte du hall d'embarquement avec nos quatre valises, Gaston se tortillant dans le porte-bébé. Elle nous serra tous un à un dans ses bras. Les miens ne purent se refermer autour d'elle.

Je crois même que, à force de porter ce masque, il s'était fondu sur mon visage. L'armure que je m'étais fabriquée pour ne pas m'effondrer était en train de devenir une partie de moi-même, je n'étais pas sûre de pouvoir la retirer un jour.

CHAPITRE 11

Le mois d'avril est mon préféré. C'est le mois des fleurs et de mon anniversaire. En bas de notre immeuble, les arbres de Judée sont couverts de pétales roses, qui apparaissent étrangement sur le bois des branches, avant même que le vert des feuilles ne pointe le bout de son nez. Nous pouvons enfin quitter les lourds manteaux dont nous sommes affublés depuis plusieurs mois. Certains jours, le soleil vient me caresser la peau sans que j'éprouve le moindre frisson, juste une bouffée de joie. La ville me paraît plus accueillante sous son costume printanier.

Même le collège semble moins austère. Les professeurs sont plus détendus. Lors de la pause du midi, garçons et filles se répartissent sur les pelouses de la cour, on entend des rires de loin en loin, qui troublent à peine une certaine torpeur, comme si le printemps apportait une nonchalance et une léthargie communicatives.

Assises sur un banc, nous revoyons avec Anta notre cours de maths pour le prochain devoir surveillé. Elle est plutôt forte en équations, et j'avoue que j'ai presque plaisir à réviser en sa compagnie, même si je me bats toujours avec les nombres relatifs. Mamie me dit que papa était comme moi, et que ça ne l'a pas empêché de faire des études (quand elle dit ça, papa lève les yeux au ciel en cachette).

— Tiens, lâche soudain Anta en regardant discrètement dans la poche de son sac, Louise m'a envoyé un SMS : elle demande si on est libres samedi pour un ciné.

Anta sait que je n'aime pas trop qu'on triche, et elle sait aussi que le téléphone allumé est interdit, même caché dans son sac. Je jette un coup d'œil à la surveillante, elle est en grande conversation avec un groupe de filles.

— Bon, je réponds quoi ? renchérit Anta.

— Ben, OK, ça peut être sympa. Faut juste que je demande à mon père. On va voir quoi ?

Elle tapote rapidement sur son clavier ; en tendant le cou, je distingue une flopée d'émojis.

— Il y a un festival de courts métrages d'animation au Gaumont.

Les jumeaux sont des fans d'anime, je suis contente qu'ils nous proposent cette sortie. On s'est revus une fois depuis les vacances, à la patinoire. On était tombées sur eux par hasard – littéralement tombée en ce qui concerne Anta – et on avait passé un bon moment.

— Tu te débrouilles mieux sur des patins que sur des skis ! s'était moqué Tom gentiment.

Nous avions enchaîné les tours de piste, nous tenant tous les quatre par la main, retrouvant immédiatement la complicité de nos soirées pyjama au chalet. Celui d'entre nous qui était placé le plus à l'extérieur se faisait régulièrement éjecter contre la barrière, dans un grand éclat de rire. En retirant nos patins au vestiaire, nous avions tous échangé nos numéros de portable.

Depuis, Tom m'écrit un petit message chaque jour. Très vite, je me suis rendu compte que j'attendais avec impatience cet instant. La plupart du temps, nous parlons de tout et de rien. Des fois, je lui envoie la photo d'un chihuahua qui fait du snowboard ou une vidéo de skieurs de l'extrême, juste pour le clin d'œil à l'endroit où on s'est rencontrés.

On est jeudi, ma journée favorite dans mon emploi du temps, je termine à 15 heures. On est jeudi, le jour où je dois passer à la boulangerie pour refaire le plein familial, trois boules bio tranchées et cinq croissants. On est jeudi, plus que deux jours avant de le voir en vrai.

Je monte l'escalier quatre à quatre, je ne prends jamais le petit ascenseur trop étroit de cet immeuble ancien. Mamie m'ouvre dès que j'arrive sur le palier. Elle sait que j'ai ma clé pourtant. Je suis presque sûre qu'elle m'attend derrière la porte. Je l'embrasse. Elle sent sa crème de jour, celle au pissenlit, qui lui fait les joues roses et un peu collantes. Nous nous asseyons autour de la table de la salle à manger. C'est notre moment à nous, le seul de la semaine où on se retrouve toutes les deux. Elle me fait une tasse de thé, que j'expédie avec beaucoup de lait et de sucre, et me questionne sur tout : mes amies, mes profs, mes devoirs... Je lui raconte avec excitation notre projet de sortie samedi, si papa est d'accord, bien sûr.

— Tu as l'air de bien t'entendre avec ce garçon, Tom, c'est ça ? glisse-t-elle avec un sourire.

— Oui, c'est vrai.

Je me creuse la cervelle pour changer de sujet de conversation, quand soudain elle se lève d'un bond.

— Ah ! J'ai failli oublier, il y a un colis qui est arrivé à ton nom.

Elle me tend un paquet de la taille d'une boîte à chaussures, je reconnais un Chronopost en provenance des DOM, il est vert et décoré de motifs tropicaux. Nous envoyions parfois nos devoirs du CNED dans ces emballages vendus à la poste à Saint-Martin ou en Guadeloupe.

— Ouvre-le, me presse-t-elle, impatiente.

— Plus tard.

Elle me regarde, le sourire qui éclairait son visage a disparu.

— Elle pense à toi, tu sais. Tu es sa fille.

— Qui ça ? m'exclamé-je en fixant mamie droit dans les yeux. Qui pense à moi ? Qui a préféré un pauvre type à ses trois enfants ? Qui se fiche bien de nous, de son mari ? Qui n'est pas là, avec nous, à la place où elle devrait être ?

Mamie baisse la tête.

— Ce n'est pas si simple, chérie, dit-elle d'une voix douce. C'est leur histoire à eux, pas la tienne.

J'ai des sanglots qui montent. Je ne les retiens pas, pas cette fois-ci.

— Si, justement, c'est aussi mon histoire.

CHAPITRE 12

Deux fois par semaine, M et Solange se donnent rendez-vous sur FaceTime, sur l'ordinateur du salon. Solange raconte sa vie, le foot, la maîtresse, ou sa dernière tentative de confection de biscuits à l'anis avec mamie. M lui parle de tout ce qu'elles vont faire pendant les vacances, des nouveaux spots de plongée qu'elle a découverts. Gaston passe devant l'écran, y jette un regard étonné, imite les grimaces de sa mère et répond en riant à ses bisous. Je me demande ce qu'il comprend de cette mère pixelisée, qu'il connaît si peu.

Ce soir de juillet, alors que la conversation s'étiole, M demande soudain à Solange de lui passer papa.

— Le bateau est enfin vendu, lui annonce-t-elle sans préambule.

Un éclat triste passe fugitivement dans les yeux de mon père. Je ne dis rien. Je ne dis jamais rien d'ailleurs quand M est en ligne. Je guette la réaction de papa. Il se gratte la gorge et se met à échanger avec M sur plein de questions pratiques : le paiement de la taxe du port, la date du dernier carénage, les factures des voiles à récupérer, le moteur à faire régler avant la vente. Je sens que ça le soulage de se focaliser sur ces aspects concrets.

Je redoutais moi aussi ce moment, qui marquerait le caractère définitif de la séparation. Je suis très étonnée de ne rien ressentir. De toute façon, Loup-Garou n'existe plus, depuis longtemps. Il est décidé que les quelques affaires entassées au fond des coffres nous seront renvoyées dans les bagages du vol retour de Solange et Gaston, à la fin du mois d'août. J'ai hâte de retrouver ma petite bibliothèque, que je n'avais pas pu emporter avec moi en octobre. À cette époque, j'étais loin d'imaginer que je ne reverrais plus la baie de Marigot.

Nous allions donc rester à Nantes. Sans doute pour longtemps. J'y mènerais l'existence normale et régulière des adolescents de mon âge. Papa avait évoqué la possibilité de déménager pour « laisser un peu mamie tranquille ». Il aimait taquiner sa mère, en surveillant sa réaction du coin de l'œil. La somme de la vente lui permettait à présent de commencer des recherches sérieuses.

Même si nous savions au fond de nous que cela devait arriver, je crois que ni Solange ni moi n'avions réellement accepté l'idée d'être ici pour toujours. Notre vie était ailleurs. Nous avions grandi à bord d'un bateau, bercées par les flots. Nous avions rêvé pieds nus sur un pont mouillé ou allongées sur le sable. Notre enfance était rythmée par les pluies et les vents. Notre vie ne pouvait se trouver ici, pas dans ce gris, pas dans cette régularité imposée, pas dans ces manteaux uniformes. Nous étions des nomades.

Malgré tout, je dois avouer que, dans ce temps suspendu, je parviens de mieux en mieux à saisir des petits bonheurs, j'y arrive de plus en plus fréquemment. L'étau qui m'enserre le cœur depuis des mois relâche doucement sa pression. Je retrouve des instants de rire et de légèreté. Je le dois à la présence de mon père, au sourire de ma grand-mère, aux pitreries de Gaston, et à la complicité qui m'unit à Solange. Je le dois aussi à mes amies Anta et Louise. Et à Tom, évidemment.

Je suis liée à Tom par un fil invisible et magique. Nous

passons ensemble des moments drôles et doux. J'aime quand on s'embrasse, j'aime quand il me tient la main, j'aime nos fous rires dans le tram, nos discussions allongés dans l'herbe des bords de l'Erdre. J'aime son sourire quand il me regarde de très près, j'aime dormir dans le sweat qu'il m'a prêté. Je ne peux dire si c'est cela qu'on appelle l'amour. L'amour me paraît tellement grand, tellement inatteignable. Je le pensais même indestructible. Avant.

Papa éteint l'ordinateur. Nous dévisage tous les trois, prend Gaston dans ses bras. Nous nous regroupons autour de lui, dans un « big câlin » comme il les aime. Mamie nous observe. Elle est toujours présente, discrète mais bien là. Pour nos coups de cafard et pour nos joies. Témoin de nos douleurs cachées mais aussi de notre reconstruction.

ÉPILOGUE

Longtemps, le colis vert est resté entreposé sous mon lit. Je l'ai ouvert un jour d'avril, deux ans plus tard. Nous avions déménagé et habitions avec papa et Sylvie, sa nouvelle amoureuse, une petite maison qu'ils retapaient dans la banlieue nantaise.

Dans le paquet éventré, au milieu d'un amas de papier journal tout froissé relatant des faits divers de la presse locale en néerlandais, je vis briller les reflets de la coque rugueuse d'un lambi, ce gros mollusque que l'on trouve dans les fonds marins des Antilles. Une succession de crêtes bosselées se déroulait en spirale à partir de sa pointe, et s'ouvrait à sa base. L'intérieur du lambi était rose et nacré, comme l'est celui des plus beaux coquillages. Il paraissait doux et soyeux, et cela contrastait violemment avec son aspect extérieur.

Je posai la longue fente sur mon oreille. L'émotion me submergea : c'était le bruit de l'océan, celui du déferlement des vagues de l'Atlantique. J'entendis alors ses paroles douces, les histoires racontées le soir blotties l'une contre l'autre dans la cabine trop petite, les éclats de son rire, nos cris dans les flots d'écume, sa main serrant la mienne dans les courants trop forts de la marée descendante.

La mer.
Ma mère.
Maman.

Les bernard-l'ermite errent parfois longtemps à la recherche d'une nouvelle coquille, d'une coquille à la bonne taille, qui leur apportera confort et sécurité. Pendant tout le temps de leur quête, ils sont incroyablement vulnérables.

[amaterra.fr]

Couverture : Éric André

6c, rue des Capucins, 69001 Lyon • bonjour@amaterra.fr
 • Conforme à la loi n°49-956 du 16 juillet 1949
sur les publications destinées à la jeunesse •
Dépôt légal : 2e trimestre 2022 • Imprimé en CE

Romans
amaterra

GRANITE

**Pour les ados
et les jeunes adultes.**

Fantastique,
dystopies, thrillers...
Des histoires dédiées
à l'imaginaire,
mais aussi des tranches
de vie émouvantes,
tendres, ou hilarantes.

ARGILE+

dès 10 ans

ARGILE

dès 8 ans

Polars,
aventures du quotidien,
récits historiques...
Tous les genres
peuvent être abordés,
parfois avec une bonne
dose d'humour.

**De vrais romans
pour les 8/12 ans.**